クトゥルフと夢の国

杉村　修

はじめに

H・P・ラヴクラフト氏に、
心から感謝申し上げます。

目次

1　夢覚め、蛙で生きる

夢の中で生きてきた
私は私が誰だかわからない
女の子二人
夢の世界の話
抜け出せない抜け出せない
終わり

205号室の男性患者の日記より

私がこの村にきて何ヶ月が経ったのだろうか。

古い木材で作られた家屋が十数軒並び、空から見ると森を丸く切り開いた集落となっている。

朝、私はいつものように、集落の中心にある井戸の水を汲みに、バケツを持って向かう。

家から外に出ると、あたりは少し霧に包まれていた。なぜか不思議で静かな雰囲気だ。

ぼす……ぼす……

私は目を凝らして音の方を見ると、井戸の近くで女の子が二人遊んでいた。

彼女たちはいつもボールを蹴って遊んでいる。

私は彼女たちに「おはようございます」と声をかけた。

二人は笑うだけだ。

そこに彼女たちが遊んでいたボールが転がってくる。

けろけろけろけろけろ。

彼女らはぴょんぴょんと蛙の真似をして、綺麗な赤の着物を土で汚す。
私も蹴った、蹴った蹴った。
笑いながら蹴った。
けろけろけろけろ。
私もぴょんぴょんと蛙のように跳ねながら笑う。
いつの間にか村の者たちもやってきて、同じように蛙の真似をしていた。
けろけろけろけろ。
霧が晴れると、そこには「名状しがたい何か」が転がっていた。

そう、ボールではない「何か」が……。
何かはいきなり起き上がると、森へと帰っていった。

そのころ、私は会社にいた。
コピー機に「故障中」と書いた紙を張っていたところだった。

壊したのは私だ。思い切り頭を打ち付けて壊した。額から血が流れたのでコピー用紙で頭を拭いたが、血はぬぐい取れなかった。

「……さん」

「はい」

「今日仕事が終わったら飲みにでも行かない」

「あ、いいっすね」

そういえば、今日は子どもの誕生日だったな。

まあ、どうでもいいか……。

夜。

街は騒がしい。人混みの中には、さっそく酒を飲んで千鳥足になっている者もいた。

ただ不思議なことに、私たちの通る道には誰一人、行く手を阻む者はいなかった。

蛙が五匹いるだけだった。

行きつけの飲み屋に入ると上司の蝶花さんはいつもの個室に入り席に座る。

「ねえ、死んだら夢の世界なのかしら」

「なんすか。それ」

私は笑って答えた。

「最近、夜が怖いの」

「大丈夫ですよ。夢はいつか覚めますから」

そそそそそそそううううねねね。

目の前がぐにゃりと曲がり、彼女の口元もぐにゃりと曲がった。

「でしょう」

けろっけろっけろっ。

私の足のゆすりが大きくなる。

カツ。

テーブルの下で何かに当たった。

「ねえ、痛いんだけど」

「あっすみません」

足が言うことを聞かない。また足をバタつかせる。

また当たってしまった。

「痛いわ」

「す、すみません」

なぜだろう、私の足が止まらない。

「まあ、いいわ。ほら、ごちそうが来たわよ」

目の前には肉料理が並んでいた。

「あなたの大好きな蛙料理よ。お食べ」

「はい、いただきます」

うまいうまいうまいうまい。

「今日の夜は大変ね」

彼女はクスクスと嬉しそうだった。

起きると私は家を出る。
今日も霧の中だ。
井戸の水を汲みにバケツを持って向かう。
井戸では女の子が二人、ボールを蹴って遊んでいた。

6月5日

私は私が誰だかわからない
ここは夢の世界だろうか
私は生きているのだろうか

２０５号室の男性患者の日記より

2　逃れられない誘惑

世界には始まりと終わりがある。
深い闇の中で、俺は必死に息を止めていた。
体がとにかく重い。衣服を着たまま海に引きずり込まれた俺は、いよいよ焦ってきた。
『死ぬのか……俺は』
そのとき、何かが俺を救い上げた。まるで凪に乗った気分だった。
ゲホゲホ！　くそったれ！
甲板で精一杯、咳を繰り返す。そして、救い上げてくれたであろう恩人に声をかける。
「やあ、助けてくれてありがとう。君は？」
俺の目の前には、黄色いレインコートを身にまとった女の子がいた。

彼女がきっと助けてくれたのだろう。十字を切り神に感謝をささげる。

そんな俺たちは古びた船の上に乗っていた。しかし、どうやって俺を引き上げたのであろう……まあ、そんなことはどうでもよかった。

「わたしはイエロー。それより、もう少しで港に着くよ」

イエローの視線の先を見ると、くたびれた港町に到着した。

「ねえ、おぼれてた人。君は何をしにこんな港町に？」

イエローは座っていた俺に、雑に手を差し出した。

「ああ、そこの連中と同じさ。一攫千金を夢見てここに」

俺も手を差し出す。彼女は俺を軽く引き上げて立たせてくれた。周りの奴らは俺らと目を合わせようともしない。まるで嫌なものでも見たような感じで、なぜか嘔吐している者も多かった。

俺は単なる船酔いだろうと考えて、これ以上気にしなかった。

「それがなんで船で暴れて、海なんかに落ちることになったんだい？」

「はは、それは、なんだ？　俺はちょっとばかし頭がおかしいんだ。生で魚を食うここの連中よりはマシだけどな」

二〇XX年、核とウイルス、自然災害によって、世界は幕を下ろした。

それからさらに二〇〇年後。世界は新しい秩序のもとで、物語を始めていた。


俺は今、ギルマークホテルと書かれている古びた看板の前にいる。

扉を開けると、中はバーだった。客の姿はあまり見かけない。

カウンターと、奥のホールに数人掛けの丸テーブルが六つ。

ここにいるのは、インスマス系のいわば「魚のような顔」をした男と、タロットを独りでめくっている占い師。あとは日本人が二人で酒を飲んでいた。

一緒に入ったイエローは、マスターに近づいて五〇ドルを手渡すと、

「三日」

とだけ呟き、階段を昇っていった。

俺は軽く手を振って見送った。

「さて……と」

ウエスタンハットに手をかけ整える。

俺はまず、インスマス系の男に近づき話しかけた。

「やあ、紳士さん。ここいらで骨董品を扱っている店はないかい？」

男は丸い眼を俺に向け黙ったままだ。さすがにしびれを切らした俺は、

「いや、悪いね。こいつは礼だ」

と言って二ドルを渡し、その場を後にした。

やっぱりマスターか……。

俺はマスターの手前のテーブルに座り、手で狐のサインを作った。

「ミヤ市漁港から町へ向かう前の通りにミラーがある。そこを左に進め」

俺は五〇ドルを渡し、

「三日」

と答えてリュックを背負い、二階へと上がった。

部屋の中は狭かったが、小綺麗だった。日本という国は、世界の終わりの前

も後も、美を重んじる国だと聞いている。仏閣、桜、食、作法には特に堅苦しくうるさいらしい。まあ、風の噂だが……。

俺はとりあえず暖房を点けて、服を乾かすことにした。

その間、持ってきた本を読む。

本のタイトルは『黄金の国』。戦時中、この島国に大量の金塊が持ち込まれたという与太話が書かれた本だ。

実は、この本は俺の叔父が書いたものだ。ミスカトニック大学で文化人類学の教授をしていた彼は、特に日本文化に興味を抱いていた。何度か日本を訪れたこともあるらしい。

その叔父は、死ぬ前にこの本を俺に託した。「ゴガンの遺産を探せ。里には何かがある」と俺に遺して、そのまま逝ってしまった。

俺はこの叔父の話を鵜呑みにして、財宝を探しにこの国にやってきた。

「はあ」

ため息と共に、俺はリュックからあるものを取り出した。

「邪神像……ねえ」

この邪神像も叔父から譲り受けたものだが、彼は生前、この町にあるミヤ市という場所の骨董屋でこれを見つけ、購入したらしい。数センチ程度の物だけれど、怪しい雰囲気を醸し出していた。綺麗に整っているように見えてどこか不安定で、心を覗かれている気もする。この像は財宝と関係があるらしかった。

「そろそろ寝るか」

俺は早めに寝ることにして、電気を消した。

翌朝、ギルマークホテルから出ると、早速マスターに言われた「通り」に向かった。途中、たくさんの人とすれ違ったが、誰もが生臭く、鼻についた。

「ここか」

たどり着くとそこは、廃れた店だった。看板も錆びついている。

「とりあえず入るか」

中には、様々な骨董品が置いてあった。だがどれもほこりをかぶっている。

「あんた誰だ」

新聞を読んでいる老人に声をかけられた。おそらくこの店の主人だろう。

「やあ、これについて知りたいんだ」

俺は邪神像を彼に見せる。

老人は一瞬だけ俺の顔を見ると、棚から紙を取り出し何かを書き始める。

それを俺に渡すと、老人は奥に入っていった。

紙にはこう書いてあった。

「注……多い……」

それだけしか読めなかったので、翻訳デバイスで読み取ると、「料理店（魚）・ミヤ市三地割二三番地」と書いてあることがわかった。

「知らない言葉だな」

デバイスで検索をかけてみたが、何も出てこなかった。あとの数字は、どうやら住所らしい。

俺は店を出るとまた歩き始めた。ミヤ市の通りから離れていく。

「おっと！」

人とぶつかった。デバイスを見ながら歩いていたのでこちらが悪い。ぶつかったのはまたインスマス系の人間だった。

彼はブツブツと何かを話し、去っていった。

「なんだありゃ」

次の店へとたどり着く。

中に入ると、ここはどうやら塩クッキー屋のようだった。先ほどの骨董屋とは違って、小綺麗な店だった。

「いらっしゃいませ」

女性の店員がいたので、何も言わずに邪神像と紙を一緒に見せる。

すると彼女は眼をぎらつかせ、今度は奥からクッキーの入った袋を持ってきた。

「二ドル」

俺はしかたなく、クッキーを買った。

その後もこういった感じで土産屋巡りが続き、俺の鞄の中は土産物でいっぱいになった。ロウソク、お香、花、水、食べ物。

なんだこりゃ……。

ゴーンゴーン

鐘の鳴る音が町全体に響いた。午後五時だ。

「もうこんな時間か」

俺はホテルへ一度戻ることにした。

『お兄さん。こっち、こっち』

通りの外れに、若い妖美な女性が二人見えた。一人は赤のドレス、もう一人は紫のドレスを身にまとって、こちらに手を振っている。

その姿に、俺は息をのんだ。

「こっち、こっち」

華やかな女性二人に向かって、俺の体は歩き出す。この誘惑にはかなわない。

『だめだよ。あれはゴガンだ』

横にはいつのまにかイエローがいた。
『ここは逃げた方がいい』
ゴガン？　なんだそれは？
まあ、そんなことはどうでもいい。この状況で、ガキの話なんか聞いていられない。
俺は荷物を持ったまま、二人のところへとゆっくり歩いて行く。
はあはあ……。駄目だ……。

風　風　風

『そうか、今日の生贄は彼か。ゴガンというやつはどうも質が悪い。念入りに信者たちに土産を持たせた生贄を作って、夢里へと連れていくのだから……』

だせえええええだせええええええだせえええええええええええええええええ!

『ほら、みんなも聞こえただろう? さすがにもう彼は戻って来られないだろうね……フッ』

ミヤ市新聞朝刊

昨日の行方不明者……0人。

3　クトゥルフとごがん

旧支配者と呼ばれるクトゥルフやごがんは、「古のもの」と呼ばれる超技術を持った者たちと、太古に地球で闘争を繰り広げました。

しかし、今ではその記憶がありませんでした……ええ、記憶が。

ただし、その時クトゥルフという邪神は、南緯四七度九分西経一二六度四三分のルルイエという場所に封印されてしまいます。

一体どこの誰が封印したのかは存じ上げません。

ただ、クトゥルフは憎しみとまどろみの中にいました。

「ぬしはだれだ」

そこは、夢の世界。精神世界でもありました。玉座と、黄金の財宝が山のように積まれていて、そこには『黒い球』が浮かんでいました。

「私はあなたから生まれたもの」

五つの顔を持った人間蜘蛛が、頭を下げました。

「では、そなたは何番目の子なのだ？」

そう、この『黒い球』が、クトゥルフという邪神でした。

「一六八七三番目の落とし子でございます」

五つ顔はそう答えました。

「そうか、名は何という」

五つの顔の一つ、女の顔の口が開きました。その口からは唾液が垂れています。

「『ごがん』と、お父様がおっしゃっていたではありませんか」

しばしの沈黙が流れます。

「ふーむ。あいにくいつも寝てばかりでな。覚えておらん」

そうですか。と一言ごがんは呟き、父であるクトゥルフにこう尋ねました。

「ところで、お父様。日本という国はご存じですか？」

「聞いたこともないな」

黒い球は回転を始めます。しかし、その回転は右回りなのか左回りなのか、

ましてや縦回転なのか横回転なのかさえ、さっぱりわかりません。それほど美しく速い回転であったのです。すると、

「ここか」

と一言、クトゥルフは答えました。

「はい、今日はその国を私にくださいませんか、というお話です」

そのとき、空気は変わったのです。鋭利な刃物で刺されるような感覚でした。

「いやじゃや、世界は全て我のものだ」

クトゥルフは、普通の邪神の子であれば死んでいるであろう「王の威圧」をごがんに向けて放ったのでした。

「では、一部でいいので――」

五つの顔のうち三つが死にました。

「殺すぞ。ガキ」

残りの二つの顔は死なずにいました。

「そうですか。わかりました。ではは私も新しい世界を作り、そこに住まうこと

にいたしましょう」

「ほーほっほっほ。ならば作って見せよ！　以上だ」

そして、クトゥルフはまた夢の奥底に帰っていったのでした。

『あのクソじじい。永遠と等しい時間を過ごせ。アハハハハハ！』

さて作りましょう。

そうね。

問題ありません。

ブツブツ。

おぎゃあああ。

「夢里」をつっくりましょ？

つっくりましょ……。

4　廃学校の管理人

この小学校に通う子どもはもういない。十年も前に廃校になったからだ。

しかしその後、ここは町が管理することになって、スポーツやセミナー、宿泊などで利用する人が来るようになった。そこで私のような管理人が、朝も夜も交代で常駐している。

今日は夜勤だった。

私はいつものように、管理室でスマホをいじって動画を見ていた。今日は誰も宿泊していないので、楽な夜だ。

私はスマホの画面の右上を見て、時間を確認する。

「もうこんな時間か」

そろそろ巡回の時間だ。私は鍵をもって管理室から廊下に出た。

コツ……コツ……。

廊下を歩く音しか聞こえない、静かで不気味な夜の世界。

実はこの学校には秘密がある。

私はひとまず、一つ一つ教室を見てまわった。

「異常はなし……と」

嫌な夜だ。いつも思う。ただこれも仕事のうちだ、仕方ない。

次はトイレか。


怖くないと言えば嘘になるが、割り切るしかない。それに私は正直なところ、怪奇現象や幽霊、オカルトは信じていないのだ。

二階のトイレの前まで来た。

この校舎は二階建てだ。横に長く、一階には元は職員室や事務室など、主に教職員が利用する部屋が集まっていた。二階は主に、生徒たちが利用していた教室が並ぶ。

私はトイレに入って確認する。もちろん個室もだ。そのときだった。

カタッ

という音が鳴った。

「誰だ！」

私は音がした方にライトを向けて、一歩一歩近づく。

汗が吹き出るほど緊張している。

ドアを開いた。

誰もいない。

私は息を吐いて次へと向かう。

嫌だと思いながらも仕事だと言い聞かせる。先ほど幽霊なんて信じないと言ったが、この恐怖はそれとは別だ。

ただ、本当の恐怖はここからだった。

いつの間にか私は、一階の校長室の前に立っていた。

最後はここだ。

私は唾を飲み込んで、中へと入る。

そこには灯りがあって、豪華な白い祭壇が設けられていた。

いつ見ても不気味だ。その場違いに大きな祭壇と、たくさんのロウソク。そして真っ赤な着物を着た五体の日本人形。

明らかにおかしい部屋だ。

ここだけは注意するようにと、上司からも度々言われていた。ロウソクを交換すること、灯りを消さないこと、念仏を唱えること。とにかくしなければならないことが多かった。

先ほどのトイレ以上に汗が吹き出る。まだ私は、この異質な状況に慣れてはいない。祭壇については何も聞かされていないからだ。

ロウソクの火が全て灯っているのを確認して、部屋から出ようとする。途中、日本人形と目が合ったかもしれないと思ったけれど、気にしてはいけない。

とにかく早く、一秒でも早くこの場から出たい。いや、出なくてはならない。

『待って……』

「えっ」

声が出てしまった。後ろを振り返りたくない。

祭壇に何かがいる、そう思った。

私は聞いていないふりをして、早くこの部屋から出ようとする。

『待って……』

また、声がささやいた。

私は息を吐いて、勇気をもって後ろを振り向いた。

「な、なんだ。誰もいないじゃないか」

少し安堵する。

しかしよく見ると、祭壇のロウソクが一本消えていた。

「チッ」

舌打ちをして火を点け直す。

カサッ。
また何かが聞こえた。この音は後ろじゃない。上だ。
私はゆっくりと天井を見上げる。
そこには、いた。顔がたくさんついた、名状しがたい化け物が。
『いただきまああああす』
異形の者の口が人一人飲み込めるほどにまで開いて、私を、私を……。

気づいたとき、そこは霧深い場所だった。
木造の家屋が並んでいる。
私は歩いていく。
頭に響く『ざい、ざい』という声を聴きながら――

5　夢は夢の先のままで

私は、生まれたとき一人だった。寂しくはなかった。自分と話をしていたからだ。

やがて、子どもは二人になった。新たに生まれた女の子は、私を姉と呼んだ。私は妹に人間の話を聞かせた。村で私が何と呼ばれていたかを聞かせると、彼女は笑っていた。

それから、三人になった。三人目は男だった。彼は私を友と呼び、私を励ましてくれた。彼は頭がよくて、人をだますのが好きだった。

ついに、四人になった。四人目はお経を唱えていた。誰の言うことも聞かず、ただお経を唱えていた。私は小刻みに体を揺らして喜んだ。

最後に五人目が生まれた。彼が「光あれ」と言うと、宇宙ができた。残念ながら、その宇宙とは私の体のことだった。私の中は宇宙だった。あとは赤子のように泣いていた。

ある日から、村の人々に石を投げられるようになった。私たちの居場所は、裏山の洞窟しかなくなった。

洞窟で眠っていると、ヒュプノスと名乗る神が現れた。彼は私たちに幻夢境のことを伝えると、洞窟の入り口を閉じた。

まだ私たちを苦しめるのか。

私たちは何もすることがなくなって、再び眠ることにした。

コツコツコツ
いつの間にか、私たちは足音を立てながら階段を下りていた。これは夢だろうか。
七十段目を過ぎたころから、記憶はない。最後に見たのは確か……人か門だ。
外に目をやると、夜のくせに虹があちこちにできて、空を飛ぶ大きな大きな……何だろうか……輝いているものがあった。あとから、それがガレー船という乗り物だと知った。さらに遠くを見ると、輪のある大きな星があった。星は爆発を繰り返していた。

私たちは一つの小さな丸い石となって、この世界の隅々を見て回った。魔法の森、スカイ川、ウルタル、セレファイス、カダス。

あちこちを巡るにつれて、世界は私たちでも作れるのだと知った。私たちは微笑んだ。

目を覚ますと、光が差し込んでいた。ここはあの洞窟だった。

私たちは外に出ると、さっき見た私の夢の話で盛り上がった。そこに、村人が山菜を取りに来て迷ったのか、偶然通りかかった。話してみると、どうやら彼は私のことを知らないようだった。私はひとまず、彼を小瓶の中に閉じ込めた。

なんだ、簡単じゃん。

今日から村は私たちのものになった。

6　あなたは、左？　右？

私はウトウトしながら電車に乗っていた。
友達と遊び疲れて、とても眠かった。
ガタン、ゴトン。
電車の走る音が、だんだんと遠のいていった。
「左と右、どっちがお好き」
いつの間にか私は、森の中にいた。
目の前にはおかっぱ頭の女の子が二人、左右に立っている。
「左はあなたのことが好きな人。右はあなたが好きな人」
そう言われて両方の道に目をやると、女の子の奥にも人が見えた。
左の道の奥には、私のお母さんがいた。
右の道の奥には、大好きな先輩がいた。

最近、私は親のことが嫌いになっていた。小言をいつまでも言ってくるし、門限まで厳しくなったからだ。挙句の果てには、母はごがん様という変な神様を信仰していた。私はとにかくそれが嫌だった。

「右」

私は右の大好きな先輩を選んだ。

二股の道に立っていた二人の女の子は、一斉に右の道を指さす。私は右の道を歩き始めた。すると、左の道の方から叫び声が聞こえた。

「え、なに……」

私は怖かった。しかし、もう歩いていくしかない。

先輩のもとまで行くと、彼もまた二股の道の真ん中に立っていた。

「君の大切な人はどっち」

クラスの仲がいい友達と弟が、二股の道の奥にいた。

私は弟のことも嫌いだった。小さいときはよかった。素直で可愛かったのだ。

でも今は違う。顔を見るのすら嫌だ、なんというか……腹が立つ。

私は友達のいる左の道を歩いていった。すると、また別の道から叫び声が聞こえた。それは弟の声のような気もした。

私の顔は恐怖の汗でぬれていた。そのまま進んでいくと、友達は手を振って私のことを待っていた。

友達に近づくと、どこからともなく、あのおかっぱの女の子二人と先輩が現れた。左から、おかっぱの女の子、友達、先輩、おかっぱの女の子と並んでいた。

四人は声を合わせて私に尋ねた。

「あなたの家はどっち」

左は私の家で、右は豪邸だった。

こんなのは当たり前だ。

「右の家！」

私は恐怖と興奮で冷静さを失っていた。

「おめでとう」

四人は私に拍手した。

「ん……」

気づくと、電車は私の自宅の最寄り駅に到着したところだった。

「変な夢」

私は電車から降りて家路を急いだ。しかし、どうも周りが騒がしかった。

「そうなの、怖い話よね」

「火元の原因はなんだったのかしら」

私は震えていた。全力で走り出す。

お母さん！　お父さん！　和也！

お願い！　神様！　ごめんなさい！

「ごめんなさい！」

あ……。

いやああああああああああああああ！

……塚精神病院。

私はその光景を今でも覚えている。

「ざい……。ざい……。ごがんさま……」

私は、今ではこの言葉しか話せない。

7　ハーネス

夏。見上げると空は高く、入道雲が気持ちよさそうに浮いている。草原は青々としていて、風のにおいがした。

この町に越してきて三年。妻は息子の手をしっかりと握り、僕はおおよその荷物を持って、牧場内を歩いていた。

「もう少しでおいしいソフトクリームが待ってるわよ」

それを聞くと息子は笑顔になって、その場で飛び跳ねた。

牧場内を一通り回ってから、売店でソフトクリームを買う。息子はそれを豪快に頬張ると、顔にソフトクリームがべったりとついた。

僕たち家族は幸せに満ち溢れていた。

「今日の夜はお祭りね」

「ああ、そうだね」

「ただトキヤが迷子にならないか心配だわ」

「なに、迷子防止用ハーネスをつければいい」

「かわいそうよ」

迷子防止用ハーネスとは子どもがどこにも行かないように衣服につけるベルトのようなもので、今の時代には珍しいものではない。ただ、いまだにペットのようでかわいそうだと感じる人も多く、議論が続いている。

結局、僕たちは息子にハーネスをつけることにした。

夕方、僕たち家族は祭りのある神社に向かった。

車を走らせ十分。少し山奥にある神社に着いた。川が流れていて、灯篭流しはこの川の下流で行われるようだった。

車を止め、僕たちはさっそく歩き出す。

神社にはすでにたくさんの人がいた。屋台のいい香りもする。

三人で鳥居をくぐる。

あれ？

なぜか視界がぶれた。

よく見ると祭りに来た人たちは皆、木製の首輪を付けられていた。

こんな風習があったか？

僕は疑問に思いながら、まずは神殿に向かう。妻と息子は何も気にしていない様子だ。

彼女らに首輪は……ない。

やはりおかしいのは首輪を付けた参拝客の方だ。

賽銭箱の前まで歩いていく。なぜかいきなり腐臭がした。

なんだろう……心がざわつく。

とっとと ここから離れようと考えて、僕は財布から五円玉を取り出し、賽銭箱に投げ入れた。

すると中から何かが現れた。

僕は何が起こったのかわけが分からず、その何者かをじっと見つめていた。

スライムのようなヌメヌメした肉体に、足が六本も生えている。

動けない……急に汗が噴き出た。

隣の息子や妻を見ても、僕の様子には全く気づいていないようだ。

するとその何者かは、僕たち家族に首輪のようなものを付けた。その瞬間、僕の視界は真っ暗になった。


ここは……。

僕は都内のマンションにいた。

今まで何か嫌な夢を見ていたはずだけれど、忘れてしまった。あれは何だったんだろう？


助けて！

パパ助けて！

あなた！　目を覚まして！

お願い！

誰かの声が聞こえる。
幻聴だろうか。僕は処方薬を飲んだ。
馬鹿野郎！　お前の本当の意識はこっちだ！
目を覚ませ！
目を覚ませええ！

僕は数年前に死んだ家族の写真を手に取った。
逢いたいな……。
もう誰の声も聞こえない。
僕は静かに自分の首を掻きむしっていた。

8　そしゃく音

はあ……はあ……。
雨が降っていた。
今は梅雨の時期。
公園の隅では紫陽花が身体を揺らしている。私はこの静かな景色と匂いが好きだった。
ざーざー。
ゲコゲコ。
蛙の鳴き声も少しずつ聞こえ始めていた。
はあ……はあ……。
ふと顔を上げ、向かいの家の屋根を見る。
そこには、蜘蛛がいた。

家一軒一軒を回っているのだろう。

死んだ人間の魂を、夢里に送るか、食べるのだ。

様子をうかがっていると。彼らは匂いを嗅ぎ分けているようだった。死んでいるのか、死んでいないのか。いや、魂が残っているのか。残っていないのか。

はあ……はあ……。

隣の家の屋根を見ると、うじゃうじゃと蜘蛛がいた。黄色い人面蜘蛛だ。目から血の涙を流して、奇声を上げている。

はあ……はあ……。

どうやらあの家がターゲットらしい。

くちゃくちゃとそしゃく音が聞こえてくる。

しかし、あんな遠くのそしゃく音がここから聞こえるものだろうか？

はあ……はあ……はあ……はあ……。

「あーくちゃ、あーくちゃ、あーくちゃ、あーくちゃ」

9　九十沢のてびらがね

人の心は化け物だ。

何せ他人からは何も見えないし、他人が知る由もない。

俺はそのことを、浮気された彼女のおかげで知ったし、その後の執着心から自分の心の醜さまで知った。

全てがぐしゃりと、まるで虫を踏み潰すかのように、変わってしまう。人の心は軽くて残酷なものだ。


俺は篠田青。青は「あお」。そのままの読み方だ。

東京の大学で民俗学を専攻し、郷土について学んでいる。

そして今日は、岩手にある母の実家に向かって原付バイクを走らせていた。

それも時間をかけながらだ。夏休みを利用した、ちょっとした自分探しの旅でもある。
ブロロロロロ、キィ……。
赤信号でバイクを止めて周りを見ると、のどかな田園風景と青い空が広がっていた。
村境の標識を見ていると、信号が青に変わる。
(ここから赤林村か)
「今日もいい天気だ！　わあああああ！」
ブロロロロロ。
バイクのエンジン音で声が消されるのをいいことに、俺は叫んだ。
とても気持ちがいい。今日はいい天気だ。
しばらくすると、コンビニを見つけた。
ちょうどいいと思い、ウインカーを出してコンビニに寄る。
バイクを止めて、バッグから地図を取り出し確認する。
(今……ここだから、このルートで……)

九十沢（くじゅうさわ）ということにして、地図に赤い印をつけた。

「よし」

俺はコンビニに、トイレを借りに向かった。


「ありがとうございました」

店員の声がして、「どうも」と返す。

それから止めたバイクに戻り、買ったお茶を飲み、少し休んだ。

駐車場の車の台数は多くはなく、ほとんどが営業車だった。

（さて）

バイクに乗りコンビニを出て、また一般道を走り出した。


三十分ほど走っただろうか。九十沢に向かう道路を進み、なだらかな山道を走る。

森を抜けるとそこには大きな集落があった。村落といった方がいいだろうか。

坂を上り終えると、集落は盆地にあることがわかった。バイクは坂を下ると、ここ九十沢を通り抜けようとひた走る。

ブロ、ブロロ……。

(な、なんだ？　バイクが……)

「チッ」

思わず舌打ちをして、バイクを路肩に止める。

「まいったな」

バイクのあちこちを触ってみたが、どこが故障したのかわからない。

「どうしたんですか？」

突然、透き通った女性の声が聞こえた。

「え？」

後ろを見ると、高校生と中学生くらいの女の子二人が、不思議そうな目で俺の様子を見ていた。

「あ、ああ、バイクが壊れちゃって」

「大変！」

「すまないけど、このあたりにガソリンスタンドかバイクを修理できそうなところはないかな」

「お姉ちゃん？　じいやなら」

「そうね」

彼女たちは何やら話をしていた。

「あの、よろしかったら私たちの家へ来ませんか？　そこでなら修理できると思います」

「いいんですか！　本当に助かります。よろしくお願いします」

「私の名前は、九次霧亜（くつぎ・きりあ）。こっちは理那（りな）。姉妹よ」

髪を伸ばしている、堂々とした態度の女の子が、はきはきと説明してくれる。

もう一人は、ショートヘアのおとなしそうな女の子だった。

「くつぎ、きりあさんと、りなさんですね。俺の名前は篠田青。東京の大学生です」

「呼び捨てでいいわよ」

「ありがとう」

俺はこの恩をありがたく受けることにした。


「ここが九次家」

俺はいつのまにか、ぽかーんと口を開いていた。

とにかくでかい。少しだけ霧亜から聞いてはいたが、まさかこれほどとは。

門も寺のように立派だった。

その門が自動で開く。待っていたのは初老の男性だった。

「おかえりなさいませ。霧亜様、理那様。そちらの方は？」

「じいやに彼のバイク、見てもらいたいの」

じいやと呼ばれる男性は頭を下げる。

「かしこまりました」

彼は俺のバイクに近づき状態を見る。

「エンジン回りの整備や部品交換が必要ですね。しかし、これなら」

じいやさんはタオルで額をぬぐう。午後になり、日も昇って気温もあがっていた。

「直せそう？」

霧亜がじいやさんに尋ねる。

「はい。二日もあれば」

俺はほっとして、思わず顔が緩んだ。

「ありがとうございます。費用はどのくらい掛かりますか？」

「いいわよ。タダで」

俺は驚いてしまう。

「え？」

「ついでに泊まっていくといいわ」

「え！」

「それはいいですね！　お姉さん」

妹の理那も手をたたいて微笑む。

「えええ！」

とんとん拍子で話が決まっていく状況に、俺は驚きが隠せなかった。

「あと九十沢に宿なんてものないわよ」

「これほどの集落なのに？」

少し気になる話だ。

「そう、宿の役割は御三家が受けてるの」

「ああ、さっき話していた……」

「それに青はいいときに来たわね。明日はお祭りなの」

「祭り？」

「そうよ。出店もあるし。なにより、神楽もやるのよ」

「神楽？」

「いいものですよ」

俺はあまりの出来事に、ただ息を吐くことしかできなかった。

バッグを持って姉妹の後をついていく。

「では、こちらの部屋をお使いください」

屋敷を案内されて和室に通された。

引き戸を開けると、中は畳の良い香りがする八畳間の部屋だった。

さっそく片隅にバッグを降ろし、地図を取り出した。

「二日足止めか」

そう呟くと横になる。

疲れが溜まっていたのか、俺の意識は水のように流れていった。


「おい！　あんた」

何か声がして目を開くと、二人の男性が立っていた。どちらも、同い年くらいのように見えた。

「ここは？」

「ここは『夢郷《ゆめさと》』だ」

俺は起き上がって頭を振った。覚醒した状態で周りを見渡す。

「なんなんだよ。ここ」

歪な空間だった。画家・ダリの絵のような世界。

「あんたらは？」

二人は顔を見合わせる。

「戸沢卓《とざわたく》」

「三河恭介《みかわきょうすけ》」

その名前を聞いて、ふと尋ねたくなった。

「もしかして、御三家の戸沢家と三河家の方ですか？」

そう聞くと、二人は目を丸くした。

「なんだ、知ってたのか」

二人とも俺の近くで胡坐をかく。

「さっき聞いたんです」

「実は僕たちも聞きたいことがあるんだ」

眼鏡をかけた卓が話しかけてくる。

「なんですか？」

「今何月何日だ」


恭介からの唐突な質問に、少し不思議に思いつつ答える。

「七月二十七日ですが」

「もう六日か……」

「何がですか？」

「ここに閉じ込められてからだよ」

俺は突然、恐怖にかられる。

（六日？　もしかして、この夢に囚われたのか？）

「どうやったら出られるんですか？」

はあ、と二人はため息をこぼすと、当たり前の答えを返してきた。

「分かっていたら、俺らもここにはいねえよ」

（そりゃそうだ）

「すみません……」

少しの沈黙。

「そういえば、食事とかはどうしているんですか？」

「何も必要ない。食事も睡眠も、便意も尿意もない」

俺はそれを聞いて、冷やりとした感覚に襲われた。

「おまけに外はあれだ」

窓から外を見ると、屍や緑色の触手を持つ人間が歩いていた。

「なんだよあれ」

俺はカーテンを閉めた。

「ここからは出られないし、助けも来ない。おまけにこの屋敷の中にも何かがいるらしい」

「助けに来たわけじゃなくて、すみません」

「いいさ。とりあえず考えよう」

俺たちは、情報を共有することにした。

まず、ここは夢郷という世界らしい。

ときどき、神隠しのような事件がこの集落であるというのだ。九十沢では有名な怪談話らしい。事件はすべてこの夢郷の力によって起きていて、一度迷い込むと出るのは難しいという。

御三家は、その話をずっと隠してきた。卓も恭介も、単なる寓話としてこの話自体は知っていたが、まさか実在するとは思っていなかったらしい。

ちなみに、御三家と聞くとお互い争い合っているイメージがあるが、九十沢の御三家は良好な関係にある。常ににらみ合っている仲の悪い御三家というのは、小説の中だけの話なのかもしれない。

「あ、あの」

パリン。突然、窓の割れる音がした。

「逃げるぞ！」

三人は広間から走り出した。

後ろを見ると、腐乱した死体がギラリと睨みつけて走ってくるのが見えた。

「どこ行くんですか！」

「猟銃がある部屋に行く」

俺たちは必死に走った。前を走っていた二人が部屋のドアを開ける。

客間であろう広い部屋の中に入ると、猟銃が三丁、雑に置いてあった。

「弾は入っている。だが無駄使いはするな」

もちろん銃を使うなんて初めてだ。しかしすかさず、さっきの死体が部屋に入ってきた。

「手本を見せる」

そう言うと、恭介は銃を構え老婆らしき死体を撃った。

老婆は、頭が吹っ飛び倒れこむ。すると煙になって消えていなくなった。

「はあ……はあ、次は！」

俺は、銃は持っているものの恐怖で何もできなかった。

窓のほうに背を預けようと後ずさる。そのとき俺の胸で、何かがこみあげてきた。

瞬間、卓が何か声を上げようとしたが、俺には届かない。

後ろを見ると、巨大な口が開いていていた。


「ああ！」

俺は体を起こした。

「ここは？」

寝汗がすごい。俺は周りを見て、ここがどこなのか判断しようとした。

俺の部屋か……。

昨日与えられた、二日間だけの部屋。畳だけがよい芳香を放つ何もない部屋。

俺は、自分の身体の震えを抑えるのに必死だった。

トイレへと向かおうと部屋を出る。廊下を歩いていると、カツカツとこちらに何かくる音が聞こえた。よく目を凝らしてみると、四十歳くらいの女性で、杖をついていた。

「用が終わったら書斎に来なさい」

彼女はそう言いながら紙を一枚俺に渡し、去っていった。

近くにあった掛け時計を見ると、まだ二時を過ぎたくらいだった。

（なんなんだ……）


コン、コン。

ノックをしてドアを開けると、そこには先ほどの女性がいた。

「入りなさい」

俺は中へと入る。そこは、大量の本棚がある書斎だった。

「私の名前は九次伊代《くつぎいよ》。九次家当主であり、あの子らの母親だ」

（この人が……）

「コーヒーでいいかね」

彼女はそう言うと、カップにコーヒーを注ぎ、テーブルに置いた。俺は近くのソファーに座る。

「君は御三家の話は聞いているかい？」

「娘さんたちから、少しだけですが。よろしければ詳しく教えていただけますか」

九次伊代は話し始める。

九十沢には昔から、北の戸沢家、東の三河家、南の九次家がある。

この地を治める殿様に仕えてきた、由緒正しい家来の末裔だった。

ある日御三家は、殿様から「てびらがね」という漆であしらった木皿を拝領した。どうやらこのてびらがね、自分が大学で学んだものとは別物らしい。

この皿は年に一度、九十沢で開かれる祭りの九十神楽に使われるようになった。

しかし、皿は現在ではこの久次家にしかない。長い歴史の中で、戦争などを経て紛失したらしい。以降、不可解な事件がたびたび起こるようになったという。

そのひとつが、のちに九十沢行方不明事件と呼ばれる事件だ。皿を失った戸沢家と三河家の次期当主が行方不明になった事件。もちろん警察も動いたが、多くは未解決のままだ。

あるとき、これらの事件がてびらがねの呪いであるという噂が集落で広まった。てびらがねは、九十沢の神様である手ビラ様の怒りを鎮めるための奉具とされてきたからだ。元々手ビラ様はこの地の平和と安寧を約束する代わりに、御三家のうちから次期当主を奪っていくのだと言い伝えられてきた。つまり、てびらがねが次期当主を守ってくれていたのだ。

しかしてびらがねの紛失以降、再び事件が起こるようになり、集落では手ビラ様が今でも祀られている。

そして――

「最近、二人の次期当主が行方不明になった」

つばを飲み込む音が俺の中で響いた。

「君は何か知っているかい？」

沈黙が流れる。

「知りません」

「そうか、すまなかった」

「いえ」

俺はコーヒーをすばやく飲み干して、部屋を出た。汗がじわりと頬を伝う。

部屋に戻ったが、もう眠れるはずはなかった。

チクタク。チクタク。

備え付けの掛け時計の音が、か細く、しかし規則正しく時を刻む。

「はあ」

朝の日の光が俺に照りつける。

気づくと、時計の針は進んでいた。

「七時か」

俺は部屋を出る。

すると、何人かがぞろぞろと廊下を歩いていた。明らかに使用人ではない。

客人だろうか。そういえば、姉妹がここは宿の役割も果たしていると言っていたのを思い出す。

俺も彼らについていった。

「篠田さん？」

突然自分の名前を呼ばれ振り向くと、理那がいた。

「おはよう」

「なんだか寝不足のようですね」

と、彼女は微笑んだ。

「あ、ああ。嫌な夢を見て」

「行方不明になった人と夢の中で会ってたとか？」

彼女は少し頭を傾けた。その瞳には生気を感じられなかった。

ゾワッと、俺の心臓を何かに掴まれるような寒気を感じた。

「そ、そんなことはないよ」

俺は半笑いで顔を背けた。

「なら、よかったです」

彼女はまた微笑んだ。

「朝食はお持ちいたしますので部屋にいてくださいますか？」

「まるで、旅館みたいだな」

俺は笑う。彼女は頭を下げ、廊下を歩いていった。

（まるで軟禁状態だ）

とりあえず、また部屋に戻る。

しかし、俺は気づいていた。理那と話している間、廊下の角から静かに顔を出して笑っている、霧亜の姿に。


部屋の窓から外を見ると、たくさんの人が歩いていた。

（そういえば、今日は九十祭の日か）

まだ夕方なのに、子どもたちは大人と一緒に歩いていた。

「夕方？」

俺は携帯で時間を確認した。すでに午後の五時を過ぎていた。

俺は額に汗をにじませる。

「え？」

窓にコツっと何かが当たる音がした、恐る恐る外を見る。

そこには足が曲がり首のない何かがいた。

「うわっ！」

俺はその場で尻もちをつく。

「なんなんだよ」

こんこん。

部屋のドアが鳴り響く。

咄嗟に俺は走ってドアに向かったが、もう遅かった。ドアはすでに開かれていた。

「私の頭、後ろに行ってるの。戻して、戻して」

「もう……いいや」

静かに俺は目を閉じた。耳には彼女の笑い声だけが響いていた。

……目を開く。

「うっ」

そこは自分の部屋だった。俺は布団から起き上がり、ドアを開けた。

廊下には、観光客が歩いていた。それに続くように俺も歩みを進める。

一階に降りて広間に向かうと、和気あいあいと話をしながら、宿泊客が朝食をとっていた。よかった。夢か。

「お父さん。お祭りって何時から？」

子どもが父親に話しかける。

「午後からだよ。花火は夜だぞ」

どうやら親子は祭りをとても楽しみにしているらしい。

俺も食事をとり始める。

朝食はご飯に味噌汁、納豆に、マカロニサラダ、それに立派な焼き魚だった。

一口一口かみしめる。生きていてよかった。少し涙が出る。

（そうだった。あれは夢だったんだ）

俺は笑っていた。

食事が終わり部屋に戻る途中、誰かに呼び止められた。

俺は少しよろめいて廊下の壁にぶつかった。よく見ると霧亜だった。

「何、そんな驚いた顔をして」

「いや、何でもないよ」

「そうだ！　今日は祭りだから見に行かない？」

「あ、ああ。いいよ」

「よかった。午前は夏期講習で町に行くからいないけど、何かあったらじいやに申しつけてちょうだい」

そう言うと、霧亜はその場を後にした。

（まずは集落を歩いてみるか）

俺は集落を一度見て周ることに決めた。

「暑い」

夏の日差しは強く、気温も上がっていた。

歩いていると、何やら大人たちで賑わっている広場があった。

(何をしているんだろう)

俺は話でもしてみようかと、その人混みに近づいた。

「あの、何をやってるんですか」

筋骨隆々の男性に話しかける。

「おう、おめえさんは……九十沢の人間じゃねえな」

「はい、観光で訪れてます」

なぜか嘘をついてしまう。でもこれくらいの嘘なら許されるだろう。

「そうか！　そうか！　ここは公民館だ」

すると、俺は腕を引っ張られて前へと連れていかれた。

「おめさんがた、べごっこの代わりにすけでくれるめんけえむすこがきたぞ！」

「おお！　いいわかもんだ！」

「んだ。んだ」

なにやら盛り上がっている。

「かなめ、後は頼むぞ」

「はいはい」

玄関から若い女性が出てくる。歳は霧亜と同じくらいであろうか。髪を茶色く染めている今風の女の子だった。

それはさておき、これから俺は何をされるのだろうか。何せ、方言が分からない。

「牛の代わりに手伝ってくれる可愛い息子が来たぞって言っているのよ」

彼女がそう教えてくれた。

「へえ」

「最近は、少子高齢化で子どもの声も少なくなって。寂しい地区になっているの」

「どこも同じですね」

「あんた、霧亜の家の人ね。よかったわね、拾われて」

「知ってたのか。君は？」

「私はかなめ、霧亜とは友達」

「そうだったんだ」

「さあ、あんたも手伝いなさい」

「何を？」

「言われたでしょ？　荷物運び」

（このクソ暑い中、マジか）

蝉の声がうるさく響き渡る。

「少子高齢化って言ったでしょ？　若い男も足りないのよ」

「はあ」

「はい、まずはこれとこの箱を軽トラに積んで」

「ああ、もうわかったよ！」

「素直な男性は素敵よ」

「うれしくねえよ」

悪態をつくが、逃げるつもりはない。俺はバッグを公民館に預けて、外で荷物運びを始めた。

「はあ、はあ」

とにかく暑い。しんどい。汗臭い。

しかし、一つ一つ丁寧に運ぶ。この荷物は、九十神楽に使うものだったからだ。大事に箱の中に収められている小道具や着物。とても大切されてきているのが分かる。

大人たちも、俺が大切に運ぼうとしているのに気づいているようで、とても優しかった。

手伝いを終えてまた九十沢を歩いていると、今度はフラットというお店を見つけた。中から子どもたちが出てくる。その手にはアイスが握られていた。

(中に入ってみるか)

カラン
ドアを開けると、中は駄菓子屋だった。

「いらっしゃい……おや？　観光客さんかい？」

「ええ、そうです」

「今日は九十祭だからね。楽しんでいきな」

中はひんやりとしていた。よく見ると、奥の部屋から冷たい空気が流れてくる。

この婆さん。

「おや、エアコンに気がついたかい？」

「ここまで涼しいとね。それとお婆さん、戸沢家と三河家の次期当主が行方不明というのはマジなのか」

「誰から聞いた？」

老婆の目が険しく光る。

俺は一万円札を出した。老婆は雑に取り上げる。

「ああ、本当だ。隠してはいるようだけど、筒抜けだよ」

彼女はまったくと言いながら奥の部屋に入っていく。

「来な」

そう言われ、俺も中へと入っていく。

「これは、手ビラ様の身体だよ」

老婆が取り出したのは瓶だった。中には、泥のような緑色の液体が入っていた。

「これは夢郷から持ち帰ったものだ」

「いったい誰が？」

「ほう、信じるのかい？　珍しい子だね」

俺は嫌な顔をする。

「ホームレスの金城という男が持ってきたものだよ」

「金城という男はどこに」

老婆は手だけを出す。

「はいはい」

俺が五千円を出すと、老婆はやはり雑にそれを奪う。

「御顔湖《ごがんこ》でいつもつれない釣りをしているよ」

どうやら金城という男は、見すぼらしい格好のくせに、高級な釣竿を持っているらしい。

老婆から話を聞いた後、俺はすぐに御顔湖へと歩きだした。


なぜ、俺はこんなことをやっているんだろう？

暇だから？

民俗学に関わる話だから？

いや、もっと別の——


小一時間歩くと、大きな湖に来た。

「御顔湖か……」

さっそく湖の外周を回ることにする。

空気がおいしい。優しい風と緑の香り。落ちついた景色。

最初にここに来ていればよかった、と少し思った。

「おい、あんた？」

「はい」

「手ビラ様の身体、欲しくねえか？」

間違いなくこいつだろう。あの老婆が言っていた通りの、見すぼらしい格好の男だった。

髭を蓄え服は汚れ、歯も何本か欠けていた。周りをとびまわる小バエ。そして、似つかわしくない高級そうな釣竿を持っていた。

「あんた、夢郷で誰かと会わなかったか？」

まずは俺から話を振る。

「あんた、何もんだ？」

彼の表情が崩れる。

「俺は手ビラ様の情報が知りたい」

「ふう……」

彼はタバコに火を点け、灰皿のあるベンチに腰掛けた。

「夢郷というところは、ただの夢の世界じゃねえ。身体まで持って行かれちまう。恐ろしい場所だ」

「俺も行った。そこで戸沢家と三河家の人間と出会った」

「そうか」

すうっと一呼吸する。

「それで、手ビラ様ってなんなんだ？」

俺は彼が放つ臭いが気になったが我慢する。

「手ビラ様はごがんだった」

「ごがん？」

「そして、人を食べて生きている」

人を食べて……。

「なあああああ！　俺は見たんだ！　ごがんの手ビラ様を！」

「や、やめろ」

彼は、俺の体を両手でしっかり掴んで離れない。

「お、あえ、おまえもやがて食われるんだ……」

静かになると身体から手を放し、またどこかへと歩いて行った。

「……」

俺はみだれた服装を直した。


「はあ、そろそろ戻らなくちゃな」

少し休んでから携帯で時間を確認すると、また九次家まで歩いて戻ることにした。

集落を歩く。途中、観光客の姿もちらほら見た。今日の祭りの参加者なのだろう。

(バイクがないとここまで大変なのか)

今更バイクに感謝するが、今はあいにく言葉をかけてやることすらできない。

九次家に戻ると、車庫に真っ先に向かった。

「篠田様」

「すみません。じいやさん」

「とんでもございません」

バイクはちょうど部品を交換し終わったところだった。

「一応、試運転もしておきますので」

「いえいえ！　そこまでしていただかなくても」

手振りで断りの返事をする。

「いえ、不具合があってお怪我をされては申し訳が立ちません」

あまりの丁重さに、思わず少し苦笑いをしてしまう。

「ああ、ではお願い致します」

そこまで言われたら断りづらい。せっかくなのでお願いすることにした。

「かしこまりました」

（今日もいい天気だな）

車庫から出ると、背を伸ばして日を浴びた。

今日も暑い。でも夏らしさがあって俺は好きだ。

「おーい」

声のする方を見ると、霧亜と理那がいた。俺は二人のもとへ歩いていく。

「終わったのか。夏期講習」

「ええ、ま、まあ」

なぜか歯痒そうな言い方だ。

「お姉さん。ボロボロだったそうです」

理那がクスクスと笑う。

「り、理那」

霧亜がバツの悪そうな表情で、理那を両腕で揺らした。

それを見て、俺は先ほどの御顔湖での出来事を思い出す。

「ねえ、青さん。一つ聞きたいんですけど」

「ん？」

「何か、御顔湖に用事でもあったんですか？」

「え……」

彼女らは口角を上げて笑っている。

「あ、ああ。観光がてら、な……」

急に汗が頬を伝う。

「そうですか。では、少し休んだら祭りの開催場所に行きましょうか」

俺の思い込みだろう。彼女らがまさか、行方不明事件に関わっているはずは……。

「大丈夫ですか？　青さん」

やめてくれ、その表情は。人を残虐に殺してきたかのような顔は……。

いつの間にか、俺は二人と橋を歩いていた。時刻は午後四時過ぎ。もう出店はやっているし、五時から始まる神楽も準備が終わっている。

「なあ、霧亜。ここが九十神社？」

「そうよ」

「で、でかい」

「じゃあ、早速奢ってよ。焼きそば！」

「私はりんご飴で！」

俺は、普通の子どものようにはしゃぐ二人を見て、少し安心していた。

そのまま出店を回り、三人で歩いた。観光客も徐々に多くなっていく。

「神楽ってどんな内容なんだ？」

「うーん。一言で言うと剣舞」

「剣舞か」

「かっこいいですよ」

「そうなのか」

「五穀豊穣の神、手ビラ様に捧げる演舞。その迫力は皆を虜にしちゃいます」

「それはすごいな」

「はい」

すごく、楽しそうに話していた。俺ももし何も知らなければ、彼女らのように楽しめていただろう。しかしあんなものを見せられた後では、そんな気持ちにもなれない。

あれ？


突然、今まで見てきたものすべてが消える。いや、すべてが夢となった。

恭介や卓に会ったのも夢？

御顔湖のことも夢？

探してきた情報が、すべて夢へと変わる。俺は……何を。

周りを見ると、人々が笑いあっている。楽しそうな家族や子どもたち、老人たち。オレンジ色の光の束が煙のように、上へ上へと昇っていく。幻想的な光景。綺麗だ――

「青さん」

「どうした。理那」

「神楽を見に行きましょう」

「ああ」

一生この夢が続けばいいのに。


剣を持っている五人が、剣を水平にして止まっている。

太鼓と笛の音とともに、にぎやかな踊りが始まった。

がらん、がらん。

演者の腰に付いた大きな鈴が鳴り響く。

剣を振り、身体全体を使ったパフォーマンスに、観客はくぎ付けとなった。

もちろん俺も、剣舞の虜になった一人だ。民俗学を専攻しているせいか、とても心が熱くなる。眺めていると、時間はあっという間に過ぎていった。

「おおおおお」

と、突然甲高い声が上がった。

「あれは?」

「あれがてびらがね」

「あれがそうなのか」

てびらがねは木製の皿だと聞いていたが、イメージと違った。

真っ赤な皿に、金箔が貼られている。まるで金閣寺や金色堂のような、豪華さと品のある皿だった。

「てびらがねは、人の魂でできてるの」

霧亜が説明してくれる。だが、魂とは……。

「魂……」

思わず声に出てしまう。

「そう、この祭りに来てる人たちの魂を少しずつもらっているの」

人を食う、その言葉が浮かんでくる。

「手ビラ様は人を食うのか」

「ええ、そうよ。あのてびらがねがないとね」

そのときだった。

「うわあ！」

てびらがねを持っていた者の叫び声が聞こえた。周りがざわめき立つ。

「てびらがねにひびが入ったぞおお！」

すぐに関係者が彼のもとに駆け寄り、てびらがねを調べる。

「なんてことだ！」

周りは恐ろしいほど冷たい雰囲気になった。

「お姉ちゃん」

「いくわよ！」

二人もてびらがねのもとに走っていく。

祭りは打ち切りとなった。


「二人とも、お疲れ」

俺は九次家の広間で、二人に冷たいスポーツドリンクを差し出す。

「もう、最悪」

霧亜は、受け取ると一気に飲み干した。

「お姉ちゃん」

「大丈夫よ。まだ全て割れたわけじゃない。修復すれば問題ないわ」

彼女らの肩は震えていた。

「大丈夫か。お前ら」

「これが、大丈夫に見える？」

見えなかった。二人は泣きそうな顔をしている。

「すまん」

「はあ、次は私たちね」

「お姉ちゃん！」

俺がこの姉妹にできることはないだろうか。

それだけが頭の中をぐるぐると回っていた。

三日目の今日は大雨だった。ザーザーと雨粒が窓に打ち付ける。

「これじゃあ、出発できないな」

霧亜に、もう一晩泊めさせてくれないかと相談することにした。

引き戸を開けて廊下に出る。

一階へ向かう途中、何やら騒がしい声が聞こえた。

俺はふいに廊下の角に隠れてしまう。

「お嬢様がいなくなった？」

「ああ、朝から見えないらしい」

「なんだってまた……」

「やっぱり、手ビラ様」

「バカ！　そんな迷信信じるな！　今は平成だぞ！」

（お嬢様がいなくなった？）

おそらく、霧亜か理那のどちらかだろう。

（とりあえず、知らないふりをしておくか）

何食わぬ顔で二人と挨拶を交わし、その横を通り抜ける。彼らはすでに掃除を始めていた。

広間に入ると、杖をついた伊代がいた。いや、まっすぐ向かってきたので俺のことを待っていたと言っていい。

「青。今日はあいにくの雨だ。出発は明日の方がいい」

「いいんですか？」

渡りに船とはこのことだ。

「しかし、条件がある」

「なんでしょうか」

「君も気づいているかもしれないが、朝から霧亜がいない」

話によると、昨日の夜に俺と話した後、霧亜は破損したてびらがねを見に修復室に向かったらしい。以降、彼女を見た者は誰もいない。

俺はまず家に修復室なる部屋があることにも驚いたが、それどころではない。

彼女からさらに情報を引き出すことにした。

「……そういうことですか。あと理那さんは」

「理那は離れにいる」

「分かりました。あの車庫の近くの家ですね」

「そうだ」

それ以上は何も口を出さずに、俺は離れへと歩き始めた。

リーン。リーン。

離れの家の玄関ドアを開くと、そこには理那がいた。

「青さん？」

「理那……」

彼女の顔はどこか憔悴しきっていた。

「ああ、どうぞ」

俺は中へと入っていく。

一般住宅にあるような普通の客間へと通される。テレビに、ソファーにテーブル。他にもいろいろと雑貨が棚に並ぶ。

「麦茶でいいですか？」

「いや、俺が……いや、ありがとう」

彼女は力なく微笑んだ。

麦茶を運んできた彼女は、反対側のソファーに座る。

「霧亜が朝からいないって？」

「はい」

「心当たりは？」

「ありません」

「そうか」

俺は麦茶に手を伸ばし口へと運んだ。麦茶はとても冷えていた。

「そういえばお姉ちゃん。すごく怯えていました」

「なぜ？」

「私も次期当主だからって」

「夢郷のことか」

「はい、手ビラ様に食べられちゃうって」

またこの話か。全く嫌になる。俺は腕を組んだ。

「一つ教えてほしいことがある」

「なんでしょうか？」

「夢郷にはどうやっていくんだ」

彼女は目を丸くする。

「あなたはどこまで知ってるんですか……」

「実は」

俺はこれまで起こったことを彼女に話した。夢郷で卓と恭介に会ったこと、化け物に襲われたこと。夢の世界か現実の世界か分からなくなったこと。とにかくできるだけ丁寧に話した。

「そうでしたか……」

「ああ、だから理那も知ってることを……」

そのときだった。

「ふふ、くくく、ははははっははは。バカみたい」

彼女の様子が一変する。

「さようなら」

彼女がそう言うと、俺の視界が真っ暗になった。

ドスッ

「っつ、痛ってぇえ」

俺はいつの間にか、床に尻もちをついていた。

周りを見ると、あの場所だった。

「やっぱりな」

あいつが犯人か。

「はあ」

自分でも不思議だが、この状況を自然と飲み込めてしまっていた。ゲームをやってきたオタクだからだろうか。

「マンガ、アニメ、ゲーム、ラノベ。好きだからな……」

ただ、恐怖はあった。手や足が震えるほどの恐怖だ。

この世界は夢郷で間違いないだろう。

(とりあえず、卓と恭介に合流するか)

立ち上がると、まずは窓から外を見た。相変わらず、異形の者たちが徘徊している。

首を持ち歩く者、血まみれの女性、骨とぼろ布だけの者。刀が身体に刺さっている者、一言で言うなら、確実に生きてはいない者たちだ。ひとまずここには、恭介たちもいなかった。

部屋の扉をゆっくり開ける。

「どこへいくの?」

下を見ると、おかっぱの着物を着た日本人形のような女の子が、死んだ目で俺を見ていた。
「ひっ！」
声が漏れた。ドアを一気に閉め鍵をかける。
（どうする、どうする）
自分の心臓の鼓動が聞こえる。
何か使えるものはないだろうか。周囲を見回したが、あいにく窓しかない。
（しかたない）
俺は窓をそっと開けて、外の屋根を歩くことにした。
（くそ！　なんだよ、あいつら）
慎重に歩き、隣の部屋に移動した。
しかし、窓が開かない。
（しまった！）
どっと汗が吹き出る。
（くそ！）

すると、どこからか小声が聞こえた。

「青、こっちだ」

一番端の窓から、恭介が顔を出していた。

(ああ、お前らが生きていてくれてうれしいよ)

そう思いながら端の窓まで行くと、恭介と卓が俺の服をつかんで中へと入れてくれた。

「よく無事だったな」

「おめえもな」

「感動の再会はまだだよ」

その瞬間、部屋のドアが開いた。あのおかっぱの女の子だ。首が取れかけていた。

「痛いよ。お兄ちゃん」

卓は猟銃で彼女を撃った。吹き飛んだところを見てから、合図を出した。

俺たちは一斉に、全力で走った。

「はあ、はあ」

「それで、何かわかった？」

「ああ、九次家の次女の理那が犯人だ」

「やっぱりな。あの姉妹はおかしいと思った」

「なぜ」

「あいつら姉妹の影を家で見た」

「僕もさ」

どうやら卓もらしい。

「だけど霧亜も行方不明になった」

「どういうこと？」

部屋に入ってから、俺はこれまでの経緯を話した。

「やはりてびらがねが壊れたか」

「こっちでも何かあったのか」

「あの扉を開いてみな」

恭介の指さす方を見ると、扉があった。

息を落ち着かせ、俺はその扉を開ける。

「なんだよ……これ」

湖が一面に広がっていた。

「ここ二階だよな」

「おそらくあそこに手ビラ様がいらっしゃる」

「なぜそんなことまで」

「御顔湖は知ってるか？」

「ああ」

「あそこが手ビラ様の家だからさ」

「家？」

「手ビラ様は水の神様でもあるからね。それに」

グオオオオオオオオオ
地面が突然揺れだす。

「この手ビラ様の声だ」

「これが……」

俺は未だかつて、こんな恐怖を感じたことはない。

「だけど僕たちは運がいい」

卓が言う。

「どうして？」

俺は尋ねた。

「手ビラ様にお会いできるからさ」

卓は眼鏡を掛けなおす。

「謝れば許してもらえるとでも？」

「逆だ」

一言、短く恭介が言う。言葉には強い意志が込められていた。

「俺たちは神を殺す」

思わず静寂が訪れた。

「ははは、バカらしい。マジで言ってんのか？」

その言葉が冗談であると願いたかった。

「俺たちが何日間、夢郷にいると思う？」

鼓動が早くなる。

「わかった。それしかないんだな？」

「うん」

「ああ」

この二人はとっくに決めていたのだ。きっと、覚悟するまで何度も何度も話し合ったのだろう。なら俺は。

「わかった……やろう。俺たちでこの土地の連鎖を断ち切ろう」

「すまねえ。よそからきたお前さんにこんなこと頼むとは……」

二人は頭を下げる。

「いいって。これも何かの縁だ」

「銃は後ろのクローゼットにある」

そこには猟銃三丁と弾があった。

「早速行くか？」

「いや、まずは話したい」

恭介が言った。

「何を？」

「俺と卓の思い出を……」

俺は、彼らの覚悟に改めて気づいて、はっとした。

二人は笑っていた。

俺は彼らの生い立ちを聞く。二人が初めて出会ったときに、大好きな特撮ヒーローのことで喧嘩になったこと。小学生のときに猫を拾ったこと。初恋が同じだったけれど、実はクラスの連中が皆その子のことを好きだったこと。他にもいろいろ、それこそお互いの家のこと、家族のこと。いっぱいいっぱい聞いた。

いつの間にか、卓は泣いて話せなくなっていた。

「僕、やっぱり死ぬのは怖いよ」

「卓……」

俺は何も言えなかった。

「なあ、青。お前の話も聞きたい」

「ははっ。わかった」

真面目に見えるが昔はやんちゃしていたこと。家族の仲は悪かったがペットの猫がいるときだけは仲良くなること。好きだったけれど浮気された元彼女とのこと。いろんなことを話した。

死を前にすると、言葉と感情がどんどん溢れてくる。

生きたい。生きたい。生きたい。

俺の頬にも涙が伝う。

「ごめん、ごめん……」

顔面が、恐怖でぐちゃぐちゃに濡れているのが自分でもわかった。

「いいって」

それから俺たちは、感情が落ち着くまでたくさんの話を重ねた。

流した涙と同じくらい笑った。そう、楽しかったんだ。短い時間だったけれど、こいつらに出会えてよかったと心から思う。

「行くぞ」

と、恭介。

「うん」

と、卓。

「ああ」

そして、俺。

クローゼットから一人一丁ずつ猟銃を持った。弾はポケットに入れる。

「開けるぞ」

俺たちは扉を開け、未知の世界に足を踏み入れた。

まるで黄泉の国だった。薄暗くて霧が立ち込めている。

しかし、すぐ先にははっきりと、神社の鳥居が見えた。そこは一つの島になっているようだ。

「おい、あれ」

恭介が指さした方を見ると、橋があった。俺たちは静かに足を運び、そこに向かう。

橋のたもとには、巨大な魚が泳いでいた。だが、ゲームのように襲ってはこない。

橋を渡りきると、俺たちは鳥居をくぐった。

グオオオオオオオオオ

恐ろしく大きな声に、一同足を震わせる。

動けない。これ以上前に進めないのだ。

「怖い、怖い」

「口に出すな卓！　クソ！」

恭介は手の甲を思い切りかんだ。血がにじみ出る。

俺も、卓も真似をした。

「行くぞ」

俺たちは頷いた。階段を昇っていく。ヤバいところへ向かっていることは、ひしひしと感じていた。

頂上までたどり着くと、そいつらはいた。

「霧亜、理那」

「やっと来たわね」

霧亜は笑っていた。まるでおもちゃを見つけたように、楽しそうだった。

「聞いてもいいか？」

「何でもどうぞ」

「お前らが犯人なのか」

俺たちは、いつでも銃を撃てるように構えている。

「ええ、そうよ」

隣の理那も、どうやら笑いが止まらないようだ。

「一つ頼みたいことがある」

「何？」

「俺たちを夢郷から出してくれないか」

「残念ながら条件があるの」

「何だ！」

「あなたたちが私たちを殺すことよ」

「どういうことだ？」

「まさか！」

恭介と卓は、何かに気づいているようだった。

俺には何が何だか分からない。

「お前らが手ビラ様なのか？」

まさか！　俺は驚いてしまう。

「遅いぞ遅いぞ。三河家の次期当主」

理那の笑いが止み、恭介に向かって言葉を吐く。

すると突然、理那の頭だけが膨れ上がった。口が人一人飲み込めるほどの大きさになると、隣の霧亜を丸ごと飲み込んだ。

「なんだよ……あれ」

頭が一、二、三、四、五。

一つ一つの顔が、意思を持っているかのように話し始める。赤ちゃんのような鳴き声だけを発する者から、大声で念仏を唱える者まで様々だ。

身体にはもう人間の面影はなく、スライムのような、はたまたヘドロのような、とにかく強烈な異臭をまき散らしている。

「あれが手ビラ様」

「ごがんだ……」

ボソッと卓がつぶやく。

そういうことか。五つの顔だから「五顔」なのか。

「食うてやる食うてやる。夢郷から出られると思うな」

「撃て！　青！」

まず恭介が一発撃った。だが、弾はヘドロの中に消えていく。

「チッ」

「おい！　恭介、こういうのは頭を狙うのが常識なんだよ」

俺は、顔面に銃口を向けて弾を放つ。

ギャアアアアアアア
「マジかよ」

「もしかしたらいけるかもしれないよ！　二人とも！」

喜ぶ卓。

「よし！」

俺たちは、相手と距離を保ちながら顔面を攻撃した。

すると、新しい顔がにゅうっと出てきた。霧亜と理那の顔だった。

「手ビラ様もたいしたことないな」

俺がそう言ったときだった。ボドッと何かが落ちる音が聞こえた。

「え……」

「恭介、青……ごめん」

卓の肉体が切り離される。彼の上半身が、地面に落ちる音だった。

それはとても、とても長い時間だった。

俺の眼は、涙と絶望で溢れていた。

ギャハハハハハハハ
手ビラ様は笑い声を上げる。

いったいいつ攻撃したんだ。

もしかしたら、次は俺がやられるかもしれない。

すると、ボドッと今度は恭介の上半身が崩れ落ちた。

「すまない、青。実は俺たち……」

「うあああああああ！」

「もう死んでたんだ」

恭介の持っていた猟銃がヘドロのように溶けていく。

「ここは夢郷ですよ。青さん」

「あ、ああ、あ。おええ」

俺は目の前にゲロを吐き散らかしていた。

「どおしたの？　どおおおしたのおおお？」

「お前……」

「ここは夢郷、じゃあここは誰の夢？」

「くっそおおおお！」

「私の夢。でもあなたは特別なの、身体から強い力を感じるわ。この世界から抜け出せるほどの意志の強さ。素敵ね」

俺の体も引き裂かれるのかもしれない。

けれど、俺はもう泣いていない。

「俺はお前を倒すん……だ」

「はっ！」

目を開けると、そこは家の中だった。

「おはよう、青」

あの声が聞こえた。

「ひっ」

俺は恐怖で顔をゆがませる。

「どうしたのよ。青」

目の前には霧亜が立っていた。

「い、いや、夢を見ていて」

「夢？」

「ああ、夢」

「まさか夢郷の夢とか言うんじゃないでしょうね」

「えっ？」

「最近そういうお客が多いのよ」

（俺のあれは夢？）

「お姉ちゃん！」

「何よ理那」

理那も目の前に現れる。

「遅いですよ。あっ！　おはようございます」

丁寧に俺にお辞儀をする理那がいた。

「な、なあ」

意を決して、尋ねてみることにする。

「何？」

「卓と恭介って知ってるか」

二人は顔を見合わせる。

「誰それ？」

「聞いたことありませんね」

「戸沢家と三河家の次期当主の二人なんだけど」

「あ、あの……戸沢家にも三河家にもそのような名前の方はいませんよ」

二人は俺を不思議そうな目で見てくる。

「そ、そうだよな。ごめんごめん！」

俺は笑ってごまかした。

「そうだ！　今日出発するんでしょ？」

「あ、ああ！」

(今日……帰るんだったな)

俺は携帯で日にちと時間を確認する。

「今日はいい天気だからきっと気持ちがいいよ」

「あ、ありがとう」

「どういたしまして。あっこれ、私たちの電話番号とアドレスね」

「いいのか？」

「うん、これも何かの縁。また来てよ」

二人は優しく微笑んだ。

「きっとな」

もう何も不審がる必要はない。そうだ。あれは夢だったんだ。

「じゃあ行ってきます」

「ああ。またな！」

俺は笑って、彼女たちに別れの挨拶をした。

それにしても、不思議な夢だった。でも夢でよかった。

なぜか心もすっきりしている。重い荷が降りたような、そんな感覚。

「さて、伊代さんにも挨拶して出発しよう」

（というか俺、広間で寝てたんだな）

そこへ、タイミングよく伊代がやってきた。

「気分はどうだい。青」

「ええ、おかげ様で調子がいいです！」

元気よく返した。

「そうか。またいつでも来てくれ」

「はい、ぜひ！」

そして俺はじいやさんの元に向かった。

「おはようございます」

車庫でじいやさんは待ってくれていた。

「おはようございます、篠田様。試運転の方も済ませております」

じいやさんは直ったバイクの隣に立っていた。

「すみません。ありがとうございます」

「いえ、では私はこれで」

じいやさんにも挨拶を済ませ、いよいよ出発だ。

「よし！」

俺はフルフェイスのヘルメットを着けて、九次家を出た。


「本当にいい天気だ」

からっと晴れた夏空。ひまわり畑と薫る風に蝉の声。バイクの音で今は消されているけれど、きっと九十沢は本来、そんな土地なのだろう。

俺は風を感じながら九十沢を後にした。

岩手アーカム新聞20XX年X月X日（土）。
九十町で二人の遺体が見つかる。
遺体はすでに白骨化しており、身元は不明。
県警は死体遺棄事件として現在捜査中――

10　あの彩雲の向こうには

僕は走っていた。空を走っていた。

ここドリームランドには、夜になっても虹がある。心を震わせる綺麗な虹だ。見上げると星々が近くにあって、色鮮やかに光っている。そこを空飛ぶ船が行き来していた。地上に目をやると、遊園地から神殿まで、多様な文化の香りを感じた。

僕はマラソンランナーである。

「少し水が欲しいな」

五十メートル先に給水場が見えた。

「はあ、はあ」

給水場に走って向かう。

僕は人間のような猫からスポーツドリンクを受け取った。

「がんばれーがんばれー」

その応援に僕は心が熱くなって、また走り始めた。

「よし」

少し遠くを見ると、虹色の街の向こうに、ネズミ族が住んでいる森があった。

じゃあ、あれがウルタルだろうか。いや、今はそんな考え事はしない方がいいな。

僕が走っている道路は透明に見えるけれど、遠くから見れば虹色に輝いているに違いない。そう考えて、僕は空を見上げた。

綺麗な惑星があった。

あそこが目的地だ。僕は走り続ける。

「はあ、はあ」

やった。次の給水場だ。

「水をくれ」

「どうぞ！」

僕は水をがぶがぶ飲む。

はあ、もう何度目の給水だろう。

「八度ずれました」

いつも彼らはこっそり耳元で数字を言う。

いったい何のことなのだろう。

まあ、そんなことはどうでもいい。

僕はまた走り出す。

「はあ、はあ」

あの星まで、あとどのくらい走ればいいのだろうか。

まったく近づいているようには感じない。

でも僕は走っている。

あの星に向かって走っている。
いつかはたどり着くだろう。
生前、猫を苦しめてしまった僕は、その猫に会うために走り続けるのだ。

11　トルネイユの町

目が覚めると、ひどい砂埃で私は強く咳き込んだ。何が起きたのか、わからなかった。しかし不思議と頭の中はすっきりしていて、感情的にならずに物事を考えることができた。私は確か飛行機に乗って、仕事で訪れていた国から愛する家族の元に帰る途中だったはずだ。飛行機に搭乗した後、私は——

考えていると、私はあることに気が付いた。もうすっかり夜なのに、まったく寒くないのだ。服装はスーツだった。

ここはどうやら砂漠地帯のようで、私の他には誰もいなかった。ひとまず私は歩いてみる。意外にも歩きやすく、疲れることもなかった。何かに引き寄せられる感覚があったものの、恐怖はなかった。空を見ると白い星のほかにも、大きな星がいくつもあって、明るく輝いていた。そこで、ここは地球とは違う星なのかもしれないと思って、私はこの不思議な世界を楽しむことにした。

歩いていると、かすかな光が遠くに見えた。どうやら町のようだった。砂漠の町。私はあまり期待していなかった。町に着くと、周りは白い壁で囲われていて、入り口に門番がいた。

人間だ。私は嬉しくなって、彼に近づき話を聞こうと思った。ここはどこなのか、あの星は何なのか、……知りたいことは山ほどあった。しかし、門番は私の話を全て無視した。私は途中で尋ねるのを諦めた。

ゴーン

鐘の音が鳴る。するとその鐘の音とは似つかわしくない、ポップな音楽が流れ始めた。門番が踊り出した。リズムに合わせて踊りながら、彼は町の中に入っていった。私の理解は追いつかなかったけれど、ひとまず私も町に入ってみることにした。

町は、音楽と酒で満たされていた。私も途中、女性から酒を渡されて一口飲んだ。なんだこれは。喉に痛みが走る。しかし不思議と、声が良くなった気がした。

町を歩き回るにつれて、この町では様々なところで音楽ライブをやっていることがわかった。ライブを聴くと、私も歌いたいという感情が湯水のように湧き出てきた。踊っているだけでは物足りなかった。

隣にいた男性からマイクを渡された。これで歌っていいのか。私は少し不安になる。しかし、酒の勢いもあって私はマイクに向かって大声で叫んだ。周りの人たちが一斉に私を見る。どこからともなく、自分の好きなアーティストの音楽が流れ始めた。私は声を出した瞬間驚いた。私の声はそのアーティストの歌声そのものだったのだ。私は最高の気分になった。周りも盛り上がる。好きな歌を好きな声で歌い、好きな酒を飲む。熱い声援が私を高みへと昇らせてくれる。今日の夜は私の夜になった。

あれから私はこの町に住むようになった。家族の顔も声も忘れ、私は私の世界を手に入れた。もう戻れない。私は生涯この町から出ることはないだろう。誰か私の家族に伝えてくれ。私は世界で一番幸せだと――

12　宙の子どもたち

この宇宙の奥底に住む者たちは、善悪の判断がつきません。
宇宙を走ってきた少年は困っています。
色が混ざり合った壊れゆく世界は、何と見事な光景でしょう。
星が終わります。
あの逃げている船の用事は済んだのでしょう。
我は鍵。生きる鍵。
世界を渡り歩く鍵。
奇妙な宙の者たちは、星の支配者を静かに平らげるのです。
私たちは彼らと出会ってまだ日が浅い。
ああ。神よ。お許しください。
これ以上星の命を終わらせるのは。

私たちには成すすべもないのです。

技術もなければ考えることも、ましてや武力を用いることもできない。

それはあの船の方々のほうが早いからです。

この星の知的生命体は奴隷になることを拒み、滅びました。

長い時間をかけました。

結果はいつもと変わらず。削除、削除。

私たちには理解できないことが多いのです。

善なのか悪なのか。

いや、そんな考えが浮かんでくること、悩むこと自体が途上的生命体たるゆえんなのかもしれませんね。

私は将来、クトゥルフ様の夢から生み出されることが決まっております。この宇宙から別の宇宙へと移動するのです。

記憶はなくなりますし、どのような姿形となってどのような考えを持つのかもわかりません。

ただ、おそらくは奉仕する種族となるのでしょう。うまくいけば神になるのも可能でしょうが。

しかし、嫌だ、嫌だ、嫌だ、嫌だ。

あんな気味の悪い生命体になりたくない。

私の種族が、最も美しい種族なのです。

かゆい、かゆい、かゆい、かゆい、かゆい。

私たちは永遠に奉仕しなくてはならない。

けれど嫌なのです。

この宇宙で一番偉い方も奉仕する種族だったと聞きます。

私もいつかそうなることができるのでしょうか。

どうか記憶を消さないでほしい。

でなければ楽しめないではありませんか。

嫌だ、嫌だ、嫌だ。

邪念だ。

また出てきてしまいました。

正しくあれ。正しくあれ。

ああ、早く精神だけの状態になりたい。仲間の中には、別の宇宙の未来で「大いなる種族」と言われる者もいるそうです。私もその宇宙、時代へ行きたかったのです。そう呼ばれたかった。味わいたかった。

結局、私も汚れているのです。

13　ミ＝ゴの農業

この物語では宇宙人の名前をミ＝ゴとしよう。

農場星では様々な作物が育てられている。もちろんミ＝ゴたちが食べるためのものだ。

彼らは、星一つに一種類の作物だけを育てるなんてことも、当たり前のようにする。

ここでは甘い果実、ニトロを栽培していた。

「ミズハタリテルカ」

「タリテマス」

ミ＝ゴたちは話し合いをしながら作業を進める。

ユゴスから遠く離れた銀河にあるこの農場星は、生物も住める場所だ。

「アシタニハシュウカクスル」

この農場の主は帰っていった。残された個体識別番号「九九〇番」も、ニトロの木へと戻っていく。

ミ＝ゴはとにかく長く働く。そのようにできている。だから明日と言われてもいつになるかわからない。そう、明日は明日ではないのだ。

あるとき、九九〇番は夢を見た。

真っ赤な果実の夢だ。

夢から覚めると、九九〇番は急いで樹に向かった。そこには赤い果実、ニトロがあった。

(食べてみたい)

九九〇番は、とうとう我慢できずにニトロにかぶりついた。

彼はそれからのことを覚えていない。なぜなら脳が機能しなくなってしまったからだ。

だから今は、地球という惑星で自分の「中身」を探している。

14　クトゥルフ賛歌

いよいよ何千、いや何万という真線《しんしん》が音楽を奏で始めたわ。

真線という楽器は皆、玉ねぎのような形をしているの。

周囲に弦が張られていて、それを弓で弾いて音を出すのよ。


さあ始まった。


あの空中にいるのはクトゥルフ。

タコのような頭と口から生やす大量の触手。巨大な緑色の人間のような体に、邪悪な翼と鋭利な爪。身長は山よりも高い。

そんな邪神クトゥルフが通り過ぎた後は荒野しかなかったわ。

瓦礫もなく石すら残らないその光景は綺麗なものだったの。

雨露が滴る草木もなく。

まるで地球ではないよう。

とにかくここには何もないの。

邪神クトゥルフはまるで救世主のようであったわ。

その姿は神々しくて、太陽の光で身体が緑色に輝いていたの。

人間たちとの戦いの末、邪神は同士討ちに持ち込まれたわ。

人類との大戦争。

後に残ったものは何もなくてそれを見ている私ですら、よこしまな心なく憂いているの。

信者からごがんと言われて調子がよくなっていたあの頃の私が恥ずかしいわ。

それほどまでに凄まじい戦いと、この光景なの。

戦いは最初に、クトゥルフとナイアルラトホテプが、幻夢境にいる者たちを封印したことから始まったわ。

まだ星辰の位置が定まる前に。

私はその一翼を担った。そう、私もあの戦いに貢献したの。

ああ、それにしても綺麗。

ふふ。

邪神クトゥルフは動かない。

金色の雲々の縫い目から差し込む光が、まるでその姿を祝福しているかのようだったわ。

私たちはこの地球の管理者に選ばれた。つまり生き残ったということ。

あとで宙に戻らなくてはいけないのに、その日付、時間すらもわからないの。

だけど私たちは待つわ。

あの美しい光景が続くのであれば。

あっ、光が雲で遮られた。

残念。

仕方がないわね。今から私は石になりましょう。

この夜が明けるまで、静かに待つの。

ほら、雪が降りだした。
きっと外は極寒よ。
一日だけ私は夢里に戻るの。
おやすみなさい。
はあーあ。
クトゥルフは雨の中でも雪の中でも、緑色に輝き続けていたわ。
あれから何日経ったのかしら。
また光が差し込む日が訪れたわ。
彼の周りには子どもたちしかいない。
彼の子ども。忌み嫌われた子どもたち。
闇が全てだと思っていた私たち。
敗北したのよ、その美しさに。
色はない。強いて言うなら金色。
味は塩。溶けない甘い塩。

一年が経ったわ。
草木の芽はまだ出ない。
どこまでも広がる荒野。
見上げると虹色の帯とクトゥルフが踊っている。
地球の王はクトゥルフ。
王は生きているのかしら。
私はその様子を見ていたの。そして、記録していたのよ。
一から十まで狂いなく。
そう……ほんの少しだけ風が吹いたの。
それが始まりだった。
風は微生物にしかわからない。
祈りの風。
生命の音にはほど遠い音。
無限の数から一が生まれた。

クトゥルフの周りで起こったの。
太陽の光は石をも焦がす。
やがて風は風を呼ぶの。
千年後。
クトゥルフはまだ空中で止まったまま。
心臓の鼓動のように、緑色の光がドクンドクンと鳴り響く。
だけど邪神の下には芽が出たの。
命が生まれた。
私たちは喜んだ。
落とし子は大いに喜び声を上げた。
ときとして生命を馬鹿にしてきた私たちは、初めての感情を抱いたの。
あの騒々しく、いや、憎い地球の支配者と名乗る者たちには抱かなかった感情。
自由。この芽は自由なの。まさしくプネウマ！
風なのよ。

だから。
踏みつぶした。
ははははは。
抑えきれない衝動。
憎しみ、怒り、苦しみ、妬み。
人間はもういない。
ならば次に生まれてきた生命もまた許されない。
私たちの衝動が収まるまで。
邪神クトゥルフが再び目を覚ます、そのときまで。

15　アーカムに住む小説家の手記

私は自室で原稿を書いている。

周りから作家と呼ばれるようになって久しい。

この原稿が書籍となるのは、いつなのだろうか。

それは、明日かもしれない。一カ月後かもしれない。十年後かもしれない。永遠に発表されないかもしれない。

なにせ、クトゥルフ神話小説だ。一癖も二癖もある。

実は私の部屋に私以外の誰かがいる。

誰かはわからないが、それがラヴクラフトの描いた世界に出てくる邪神や生物なら少しは嬉しいかもしれない。

私はいつも自分を鼓舞する。

次の作品がこの短編集の最後の作品になる。その作品は希望の章にしたいと思う。
どんなものにも負けないように。
あなたの道しるべとなることを願う。
ただもう少しだけ話させてほしい。
私は世界一幸せな人間であることを。
それとすまない。今部屋がうるさいのだ。
特に後ろのほうが。
……ふぅ。
やっと静かになった。
何が私の後ろにいるのかって？
残念ながらそれは教えられないな。
君がもう少し神話や神秘に精通した人物になったらわかるはずさ。
私の部屋は私だけの部屋であって、中にいるのも私のために存在している。
謎のものを使役していると言えばそうかもしれない。

この部屋の異変に気付いたのは私が二十二歳のときだ。
寝ていると何者かに起こされた。
もしかしたら、それはミ＝ゴという宇宙人かもしれない。
彼らは姿を隠し人間にそっと近づく。
なかなか困った話だ。
ミ＝ゴが人間をどうするかだって？
それは、自分で調べてくれ。あまりいい話ではないからね。
私は一九八八年生まれなのだが、ここまで生きていると様々なことに出くわす。
ジュニアスクールのときは幽霊を見た。世界滅亡の予言も信じた。
二〇〇〇年問題というものもあった。
けれどそれは今に比べれば些細な出来事だ。
私の部屋の出来事に比べれば。
最初は怖かったのに、今では慣れてしまった。

私は夢の中で宇宙へ行くこともあるのだけれど、あれがドリームランドというものなのだろうか。

それなら作家としてありがたい経験だ。

クトゥルフ神話は新しい創作神話だと言われるものの、実際調べてみると、宇宙に存在する生命体などというように、意外とリアルな表現を見かけることが多い。

たぶん私の後ろにいるものもそうだろう。

彼らは私たちを笑っているのだ。

私たちが私たち以外の声を笑うように、彼らもまた私たちを笑うのだ。

さあ、次の章が最後の章だ。

希望の章だ。

16　きぼう

愛
正義
勇気
希望
愛
正義
勇気
希望
愛
正義
勇気

希望
愛
正義
勇気
希望
愛
正義
勇気
希望
愛
正義
勇気
希望
我進む道に光あれ！

正義、平和、メルキセデクの名のもとに。
去れ、去れ。彼の者たちよ。邪神たちよ。この場から去れ！

設定資料

『九十沢のてびらがね』

・文芸思潮新人賞3次選考通過作品

設定

【神性名】

ごがんさま

護岸様

GOGAN

【説明】

東北地方のとある地域の伝説として語り継がれている神性。

「夢里・夢郷（ゆめさと）」という幻夢境と切り離された一部の地域にいる邪神。

身体は丸形で大きく、スライムのようで五つの人間の顔を持つ。走るときは六本の人間の長い足が生え、蜘蛛のように走る。
顔から誰にも気づかれない毒や精神を犯す霧を吐く。吸ったものは夢里や幻惑の世界から逃れられない。（【幻惑の世界】なのか【夢里】なのか、はたまた【現実世界】なのか判断できなくなる）
夢里を作った邪神であり、入ってきた者の現実世界と夢里での暮らしを区別つかなくし、絶望に追いやるのが趣味。
時折、現実世界に二人の女性として現れ、夢里に誘う。

【夢里・夢郷】

ごがんが創り出した世界。生きている人間たちだけでなく、死んだものや動物たちも迷い込んで出れなくなる世界。夢里・夢郷はどちらの表記でも間違いではない。

日本の古い（昭和初期）の農村をイメージして作られている。

【幻惑の世界】

個人個人の思い描いた世界。現実世界と変わらない世界。ごがんの毒を吸った世界。ここを運よく出られても夢里と現実世界が待っており(最悪の二重夢)、普通の人間では奇跡的に現実世界に戻れたとしても、すでに精神が壊れている。

【ほかの邪神との関係】

クトゥルフと仲が悪い。

クトゥルフの精神(夢)の一部から生まれたため。

数ある偉大なる子の一体。

【楽器】

真線または晋線(しんしん)

玉ねぎの形の楽器、弦が張っており弦の中に弓を入れ、チェロのように弾く。

耳にした者は精神を病む。

【夢の町】

・トルネイユの町

著者が夢で見た砂漠の町。オアシスに造られた町で緑もあった。そこでは音楽ライブが盛んで、私もマイクを持たされた。すると不思議と声が出る。好きなアーティストの声をいくらでもマネができ、天にも届くような声がいくらでも出た。とても気持ちがよかった。楽団もあった。これを記しておく。

あとがき

皆様お世話になっております。杉村修です。

この度は色々と挑戦させていただきました。オリジナルの邪神や設定など、私のやりたいことをやったつもりです。

まずは、今日の日本のクトゥルー神話界を創り上げた、全てのクトゥルー神話関係者に、深く感謝申し上げます。特に私がクトゥルー神話を知る上で、森瀬繚先生の書籍や講座には大変お世話になり、ますますクトゥルー神話の世界に興味を抱くようになりました。誠にありがとうございます。

クトゥルフ神話（クトゥルー神話）は私にとって大切な物語です。

H・P・ラヴクラフト氏から紡がれたこの旅路を終わらせないためにも、私は作家であり続けたいと思います。

何卒、これからもよろしくお願い申し上げます。

参考文献

『クトゥルー神話解体新書』森瀬繚（2022）コアマガジン

『ゲームシナリオのためのクトゥルー神話事典　知っておきたい邪神・禁書・お約束110』森瀬繚（2013・2018）SBクリエイティブ

『クトゥルフ神話がよくわかる本』佐藤俊之監修　株式会社レッカ社編集（2008）PHP文庫

『初めてでもよく分かるクトゥルフ講座』海野しぃる（2016）

『クトゥルフ神話ガイドブック改訂版』朱鷺田祐介（2020）新紀元社

その他、H・Pラヴクラフト作品の英版原文

156

この作品はフィクションです。実在の人物や団体、名称などとは一切関係ありません。

プロフィール

著者　杉村修
小説家・ＳＦ作家・幻想小説家。岩手県雫石町出身。

近著
『神話世界のプロローグ』マイナビ出版
『注文の多いカウンセラー（復刻）』ディスカヴァー・トゥエンティワン
『幻想とクトゥルフの雫』ツーワンライフ
『アポカリプスエッジ』創土社クトゥルー・ミュトス・ファイルズ

クトゥルフと夢の国

発行日　２０２３年５月１日
著者　杉村修
表紙　kodaka_33
編集　藤倉シュースケ
印刷・発行　有限会社ツーワンライフ
〒０２８－３６２１
岩手県紫波郡矢巾町広宮沢１０－５１３－１９
電話　０１９－６７７－８６２５